DRÔLES D'**AVENTURES**

AUTEUR
NATHALIE
DALADIER

ILLUSTRATEUR
PHILIPPE
MIGNON

LE PLUS BEAU VASE D'ULYSSE

GALLIMARD JEUNESSE

À Noé, Pierre, Raphaël, Adrien,
Nicolas et Vincent

Chapitre 1

La punition

– Jimmy Scott, Stephen Lidell, venez ici !

La voix exaspérée de Mme Lenox, professeur d'histoire, résonne dans la salle des Antiquités du British Museum. Les six classes de sixième du collège Marie-Stuart d'Édimbourg ont les yeux fixés sur les deux garçons qui s'avancent, suivis d'un homme en uniforme, furieux.

Le British Museum de Londres abrite une des plus belles collections d'antiquités grecques du monde (notamment la frise des Panathénées provenant du Parthénon).

– Celui qui s'est caché dans le sarcophage d'Aménophis III, c'est bien celui-ci ? demande Mme Lenox en secouant Jimmy devant le gardien-chef.

– Oui !

– Et le gamin qui essayait de le faire sortir du sarcophage en le tirant par les bras, c'est celui-là ? dit-elle en attrapant Stephen par la manche de son blouson.

Stephen marche sur ses lacets et s'étale par terre.

– C'est bien lui ! affirme le gardien.

– Mais est-ce que vous vous rendez compte de ce que vous avez fait ? s'exclame Mme Lenox en faisant un petit bond en arrière. Vous ne pouvez pas rester tranquilles cinq minutes ? Le temps que j'aille chercher le guide qui doit nous faire visiter le musée et que M. Pen prenne les documents pédagogiques préparés à votre intention, vous organisez une partie de cache-cache dans la salle égyptienne !

– Les chewing-gums sur la pierre de Rosette et les tags sur les vitrines, on connaissait, mais le coup du sarcophage, c'est une première ! ajoute le gardien.

– Je me doutais bien que ça allait déclencher une alarme, gémit Stephen.

– Et alors ? En voilà une excuse ! Ça ne te dérange pas de te coucher dans le sarcophage d'un pharaon et d'inquiéter les gardiens du musée ?

Mme Lenox, craignant visiblement que le groupe soit expulsé du musée, prend rapidement une décision et, s'adressant aux deux garçons, déclare :

– Puisque c'est comme ça, après notre visite vous reviendrez au département des Antiquités grecques et vous y resterez une heure sous la surveillance du gardien avec interdiction d'en sortir. La moindre bêtise et c'est le renvoi définitif. Vous examinerez toutes les vitrines et vous tâcherez d'identifier cinq épisodes de la mythologie grecque, pas un de moins ! Puis vous reproduirez le dessin de chaque épisode et vous en ferez le récit détaillé par écrit. Nous, pendant ce temps-là, nous irons au Musée géologique. Je serai de retour à midi. Si à cette heure-là vous n'avez pas terminé, c'est bien simple : au lieu d'aller avec le groupe voir la maison de Sherlock Holmes à Baker Street, vous resterez dans le car. Et la sortie cinéma de ce soir est supprimée pour tout le monde !

– *Good luck, boys !* leur glisse M. Pen, le professeur de dessin, en s'éclipsant.

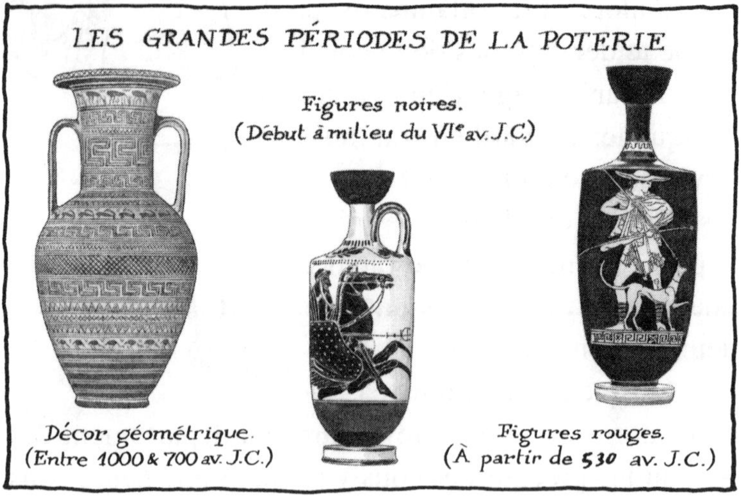

Depuis une demi-heure déjà, Jimmy et Stephen errent lamentablement dans la première salle des Antiquités grecques, sans avoir tracé le moindre trait ni écrit la moindre ligne sur leur bloc-notes. Ils ont examiné les vases les plus anciens – de 1000 à 700 avant J.-C., précise un petit carton posé dans la vitrine –, mais impossible d'identifier la moindre scène mythologique parmi les centaines de dessins géométriques beiges et bruns qui se succèdent sur de grands vases clairs.

Deuxième salle, les couleurs changent. Des hommes et des animaux au style plus réaliste apparaissent. Les personnages sont toujours noirs, les fonds rouges. Parfois une touche de blanc. Puis le rouge et le noir s'inversent, mais toujours pas de scènes mythologiques.

En désespoir de cause, Jimmy s'apprête à revenir sur ses pas quand son regard est attiré par un grand animal noir peint sur une amphore. C'est un cheval, un énorme cheval posé sur de grandes roues. Des hommes en armes le poussent vers les remparts d'une ville.

– Grouille-toi, j'en ai un, crie soudain Jim, c'est le cheval de Troie. Dessine-le pendant que je décris la scène, OK ?

– Pas de problème ! répond Stephen en empoignant son crayon à papier et son bloc-notes, vas-y, raconte en même temps.

Stephen ne frime pas ; au collège, tout le monde, même

M. Pen, l'appelle Mika – pour Michel-Ange – à cause de son incroyable don pour le dessin.

Il ne perd pas une seconde et commence à reproduire l'amphore d'un coup de crayon rapide et précis.

– Comment tu connais la mythologie grecque ? demande-t-il à son ami tout en estompant son esquisse.

– Par mon père, explique Jimmy. Quand j'étais petit, il me racontait une histoire tous les soirs. L'année de mes huit ans, ça a été *L'Iliade* et *L'Odyssée*. Génial !

– Alors pourquoi tu es aussi nul au cours de Mme Lenox ?

– Des histoires, c'est pas l'Histoire, répond Jim. Moi, je n'aime ni les dates, ni les chiffres, ni les cartes, ni les interros ! Vu ?

Jimmy avait attendu avec impatience cette année de sixième, croyant qu'il retrouverait l'univers que son père lui avait

Pour mettre fin au siège de Troie, Ulysse fit construire un immense et magnifique cheval en bois dédié à la déesse Athéna. Les Grecs le placèrent sur le rivage devant Troie et embarquèrent sur leurs vaisseaux comme s'ils abandonnaient le siège et rentraient chez eux. Les Troyens firent entrer le cheval dans leur ville. Mais celui-ci était rempli de guerriers qui, lorsque la ville se fut endormie, ouvrirent les portes aux Grecs qui avaient fait semblant de battre en retraite.

fait découvrir. Bonjour la déception ! Les cours d'histoire lui paraissaient aussi ennuyeux que l'année précédente. Il avait laissé tomber dès le premier trimestre et choisi de somnoler derrière sa longue frange en attendant la sonnerie.

– Comment tu trouves mon dessin ?

Jim regarde le bloc de son copain. Il reconnaît parfaitement la scène et le grand cheval, magnifique.

– C'est pas difficile ! Tu prends juste les lignes principales et ensuite... Écoute, si je te montre, on n'aura jamais le temps de trouver les quatre autres scènes avant midi. Mets le numéro du vase, B 501, je suis sûr que Lenox vérifiera !

– Viens voir l'autre côté du vase ! interrompt soudain Jimmy.

– Incroyable, regarde le guerrier au bouclier rond qui tient un petit garçon par la cheville, on dirait qu'il se débat, s'exclame Stephen en se penchant.

– C'est sûrement un guerrier grec qui doit faire partie de l'armée d'Agamemnon. Et le vieil homme barbu avec la couronne qui tend les mains, je crois que c'est le roi Priam.

– Il va se passer quoi à ton avis ? demande Stephen.

– Le guerrier va le tuer ! Qu'est-ce que tu crois que fait une armée quand elle est entrée dans une ville, à part piller et tuer ?

– Bon, je vais seulement dessiner le guerrier devant le vieux roi, dit Stephen, sinon on ne s'en sortira jamais. Toi tu indiques juste la mise à sac de Troie et tu racontes ce que tu sais de l'histoire.

Pendant un bon moment, les deux garçons travaillent en silence.

Dans les vitrines suivantes, des scènes de combat extrêmement confuses se succèdent. Le gardien chargé de surveiller les garçons les suit d'un regard sévère. Impossible d'aller à l'entrée chercher un audio-guide qui leur permettrait d'identifier tout ce qu'ils recherchent.

– Viens voir, je crois que c'est le Minotaure ! crie soudain Stephen.

Jimmy le rattrape et se penche vers une amphore à figures noires.

– Tu as raison, dit-il en regardant l'homme à tête de taureau qui fléchit les genoux devant un jeune homme armé d'une épée.

– Il est en train de se faire égorger par le barbu, répond Stephen du tac au tac.

– Et c'est qui le barbu ?

– Thésée, reprend Stephen en attaquant la troisième page du bloc.

– Comment tu sais ça, toi ?

– C'est Pen qui m'en a parlé. Un jour, il m'a montré le dessin d'un peintre espagnol, Pablo Picasso, qui représentait un homme à tête de taureau. Je me suis vraiment demandé comment il avait pu imaginer un être pareil, mais Pen m'a dit que Picasso s'était inspiré d'une légende grecque qu'il m'a ensuite racontée. Minos, le roi de Crète, avait fait enfermer le Minotaure, un homme à tête de taureau, dans un labyrinthe dont il ne pouvait s'échapper. Comme Minos était très puissant et qu'il avait vaincu Athènes, tous les ans, la ville devait lui remettre un terrible tribut : quatorze jeunes gens tirés au sort qu'il livrait au Minotaure. Jusqu'au jour où Thésée, le fils

Thésée retrouva le Minotaure dans son labyrinthe et le tua avec son épée. Grâce au fil qu'Ariane, la fille du roi Minos, lui avait donné, il put repérer son chemin et s'enfuir avec ses compagnons et la princesse.

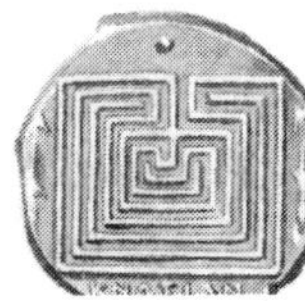

du roi, se joignit à ceux que le sort avait désignés et délivra les prisonniers du monstre…

Stephen s'interrompt, regarde son dessin, puis gomme, recommence.

Il ne leur reste plus maintenant que deux scènes à trouver… Jimmy jette un regard inquiet sur sa Swatch : une demi-heure déjà depuis le départ de Mme Lenox.

– Qu'est-ce que tu fabriques ? demande Jimmy à son ami qui reste planté devant une vitrine.

– Regarde, c'est trop génial ! dit Stephen en pointant du doigt une coupe ornée d'un seul personnage : un garçon de leur âge en train de pêcher à la ligne, accroupi sur les talons.

– Imagine, tu lui mets un jean, tu remplaces les poissons par trois grosses truites, et c'est toi ou moi au bord d'une rivière...

– Il reste une demi-heure, rétorque Jimmy exaspéré, alors ton pêcheur, j'en ai rien à…

– Ah ! vraiment ?

Les deux garçons se retournent, interloqués. Un homme à l'accent étranger, d'une soixantaine d'années, petit et rond, vêtu d'un caban bleu marine, admire lui aussi le jeune pêcheur grec.

Vase attique. Vers 500 avant J.-C.

– Pourquoi est-ce que vous nous posez cette question ? interroge Stephen, méfiant.

– Parce que, juste avant que tu dises que ce pêcheur pourrait être l'un de vous deux, j'étais en train de penser qu'il ressemblait à mon petit-fils. Il doit avoir à peu près ton âge. L'été, il vient passer une partie de ses vacances avec moi en Bretagne, et nous allons souvent à la pêche. On s'installe dans les rochers, dans un coin que j'aime bien, et puis on reste là des après-midi entiers à contempler la mer en attendant que le poisson morde. J'aime beaucoup ce vase. Le peintre qui l'a décoré connaissait vraiment…

– Qu'est-ce que vous pêchez ? demandent d'une seule voix les garçons qui se moquent du peintre… mais pas du tout de la pêche à la ligne.

– De la dorade, du bar quand on a vraiment de la chance, souvent des aiguillettes ou du maquereau, et encore plus souvent : rien. Et vous, vous pêchez ?

– Notre truc, c'est la truite, répond Stephen. On peut même dire qu'on n'est pas mauvais…

– On ferait mieux de s'y remettre, coupe Jimmy, Lenox va bientôt revenir, tu sais ce qui nous attend !

– Qui est Lenox ? demande le visiteur.

– Notre prof d'histoire, elle nous a punis.

Aussi brièvement que possible, Jimmy explique alors leurs déboires.

– Drôle de façon de vous initier à la mythologie grecque, dit l'étranger en souriant.

– Vous vous y connaissez ? demande Jimmy.

– Oui, un peu... Je suis professeur d'histoire ancienne à Paris et j'écris un livre sur le peintre qui a décoré ce vase. C'est pour cela que je suis venu au British Museum. Ce petit pêcheur était probablement le fils du propriétaire de l'atelier de poterie pour lequel il travaillait à Athènes. Il lui a souvent servi de modèle. Regardez, voici son nom : Agathon, et ici, la signature du peintre et celle du potier.

– C'est pas la mer, notre problème, ce sont les scènes mythologiques. Et il nous en faut cinq avant midi, soupire Stephen.

– Dans la Grèce antique, la mer et la mythologie, ce n'est pas forcément contradictoire, bien au contraire, rétorque en riant le professeur. Allez, venez ! On va régler vite fait bien fait cette histoire de punition, et j'espère bien qu'au passage je vous ferai aimer mon peintre. Les archéologues l'ont surnommé « le peintre d'Ulysse » car les vases où il a représenté Ulysse, son héros préféré, sont considérés comme les plus beaux. Vous connaissez *L'Odyssée* ?

– Moi, un peu, répond Jimmy.

– Et moi pas du tout, réplique Stephen.

– Tu as entendu parler de la guerre de Troie ?

– Stephen m'en a dit deux mots à propos du grand cheval.

– Bon, si Stephen t'a parlé du cheval, il t'a forcément parlé d'Ulysse, c'est lui qui en a eu l'idée. Il était contraint par les Grecs d'aller se battre contre les Troyens et il ne désirait qu'une chose après dix ans de guerre : rentrer chez lui.

Ulysse (« Odysseos » en grec) quitta les rivages de Troie avec ses douze navires, mais très vite une énorme tempête le sépara du reste de la flotte grecque. Le héros et ses compagnons se retrouvèrent seuls, perdus en Méditerranée. « L'Odyssée » raconte ce très long périple ponctué d'épreuves redoutables, au terme duquel Ulysse, seul survivant, retrouva son île d'Ithaque.

– Avec le coup du cheval, c'était gagné ! dit Jimmy.
– Tu parles, coupe Stephen, il a rempilé pour dix ans !
– C'est pas vrai !
– Si, reprend le professeur. *L'Odyssée* raconte son retour à Ithaque après la victoire des troupes d'Agamemnon. Ce fut un voyage terrible : Ulysse mit dix ans à rentrer chez lui et perdit tous les hommes qui s'étaient embarqués avec lui.
– Dix ans pour traverser un petit bout de la Méditerranée ! Je sais bien qu'ils n'avaient ni compas, ni boussole, ni cartes, mais quand même ! Christophe Colomb a traversé l'Atlantique en six mois à la voile !
– Tu mélanges tout : la traversée de l'Atlantique par Christophe Colomb, c'est un fait historique, alors que *L'Odyssée,* c'est une épopée qui met en scène une série d'histoires et de mythes. On l'attribue au poète Homère, qui était d'ailleurs le maître à penser de tous les enfants grecs…

On ne possède guère de renseignements sur le poète Homère à qui l'on attribue « L'Iliade » et « L'Odyssée ». Selon l'historien Hérodote, il serait né en Ionie au XIe siècle avant J.-C. On sait en revanche que des grands poèmes épiques existaient dès la période achéenne (- 2 000 à - 1 200 avant J.-C.) Ils se transmettaient oralement et furent vraisemblablement le premier noyau autour duquel les poètes ioniens, dont Homère, créèrent « L'Iliade » et « L'Odyssée ».

– Pitié, monsieur, vous ne pourriez pas nous aider au lieu de nous faire un cours sur Homère ? s'exclame Jimmy, toujours obnubilé par l'heure qui tourne. Nous, tout ce qu'il nous faut, c'est deux vases avec deux bonnes vieilles scènes mythologiques, après on est prêts à vous jurer qu'on lira *L'Odyssée* de A à Z.

– Je ne vous en demande pas tant, rétorque le professeur qui fait semblant d'être vexé.

– Les vases ! gémit Stephen à bout de patience.

– Du calme les garçons ! C'est fou ce que ça vous rend nerveux, la mythologie grecque. Oubliez cette punition et suivez-moi.

« Maintenant, oubliez tout et imaginez que vous êtes à Athènes. Je vous emmène au Céramique, le quartier des potiers. Nous allons voir l'atelier d'un certain Mélanthos, il paraît qu'il vient d'embaucher un jeune peintre de grand talent et que ses vases…

Bon, on y va ?

Chapitre 2

Le peintre d'Ulysse

Athènes, Ve siècle avant J.-C.

Kalisthène essuya du revers de la main la sueur qui dégoulinait de son front avant de déposer le vase qu'il venait de terminer en plein soleil, pour le faire sécher. Mélanthos le Corinthien, propriétaire de l'atelier, s'accroupit et s'en saisit délicatement, puis le fit doucement tourner entre ses mains. Chacune des deux scènes du vase dégageait une magie que le Corinthien ne s'expliquait pas, malgré sa grande expérience.

– Ulysse, toujours Ulysse ! Alors c'est comme ça que tu l'imagines, lorsqu'il a enfin réussi à débarquer dans son île d'Ithaque.

Skyphos attique à figures rouges en provenance de Chiusi. Vers 440 avant J.-C.

Kalisthène a peint un Ulysse barbu, coiffé d'un bonnet, qui porte au bout d'un bâton une outre sur l'épaule gauche, et tient dans la main droite une béquille passée sous l'aisselle. Sous son pinceau, le héros de la guerre de Troie est devenu un voyageur blessé, presque un vagabond, à qui, agenouillée devant lui, une vieille esclave lave les pieds.

– La vieille servante, c'est Eurykléia, sa nourrice, n'est-ce pas ? La seule personne qui l'a reconnu grâce à la cicatrice de la blessure qu'il s'est faite au pied en chassant, quand il était jeune ?

– Tu as raison, c'est elle.

Mélanthos fait tourner un peu plus le vase pour voir la seconde face, où l'on reconnaît Télémaque – le bébé qu'Ulysse a laissé dans les bras de sa femme – devenu jeune homme. Il est en train de parler avec sa mère, Pénélope, assise devant son métier à tisser. Depuis des années, elle ruse jour après jour pour ne pas épouser l'un ou l'autre des prétendants qui veulent remplacer Ulysse. Mais comme elle leur a promis de se décider lorsqu'elle aurait fini son ouvrage, pour ne pas se remarier, elle défait la nuit ce qu'elle a tissé le jour.

Mélanthos aime tellement l'expression rêveuse et triste de Pénélope, la façon qu'elle a d'appuyer la tête sur son poignet droit, qu'il a déjà décidé que ce vase ne serait pas à vendre.

Autre face du vase situé page vingt-quatre.

– Je le garde pour moi, décrète-t-il en le reposant.

– Eh bien ! tu n'es pas près de t'enrichir avec mon travail, réplique en riant le jeune peintre, flatté.

Les deux hommes s'attardent devant les poteries qui sèchent dehors avant de les mettre au four. La chaleur du soleil de midi est presque insoutenable, tous ceux qui travaillent dans l'atelier se sont abrités à l'ombre des arbres de la cour afin de se reposer et déjeuner. Ils attendent le moment où les trois grands fours seront suffisamment refroidis pour pouvoir sortir la première cuisson de la journée. La rumeur des rues avoisinantes s'est tue, on dirait que le quartier des potiers, habituellement si bruyant, est figé par la chaleur.

Dans quelques heures la rumeur reprendra. Car au Céramique, matin et soir, l'on vient de partout pour vendre, comparer, marchander, discuter des nouvelles du jour, des potins, de la dernière représentation théâtrale, du prix du blé. De fait, la vie du Céramique ne s'arrête jamais.

En Grèce, où le bois et les métaux ont toujours été rares, l'argile sert à tout ou presque… Comme on casse, on remplace... Les marchands viennent pour commander les jarres de terre cuite dans lesquelles ils exportent huile et vin vers les colonies grecques

La Grèce antique.

qui se sont développées sur tout le pourtour du bassin méditerranéen. Ils viennent aussi commander celles dans lesquelles ils vont rapporter au Pirée, le port d'Athènes, les céréales, les épices et les plantes précieuses venues d'ailleurs. Les ménagères envoient leurs esclaves au Céramique pour remplacer les marmites et la vaisselle cassées ; les enfants y trouvent des toupies, des osselets, des poupées et de petits animaux. Enfin, les riches Athéniens visitent les ateliers, à la recherche de belles pièces qu'ils achètent à prix d'or, des vases qui n'ont été créés que pour le plaisir des yeux.

Installée au pied de l'Acropole et défendue par des murailles, la cité d'Athènes est reliée à son port, Le Pirée, par de longs murs dont la construction fut achevée par Périclès. Ainsi, même en cas d'invasion, Athènes conservait son accès à la mer.

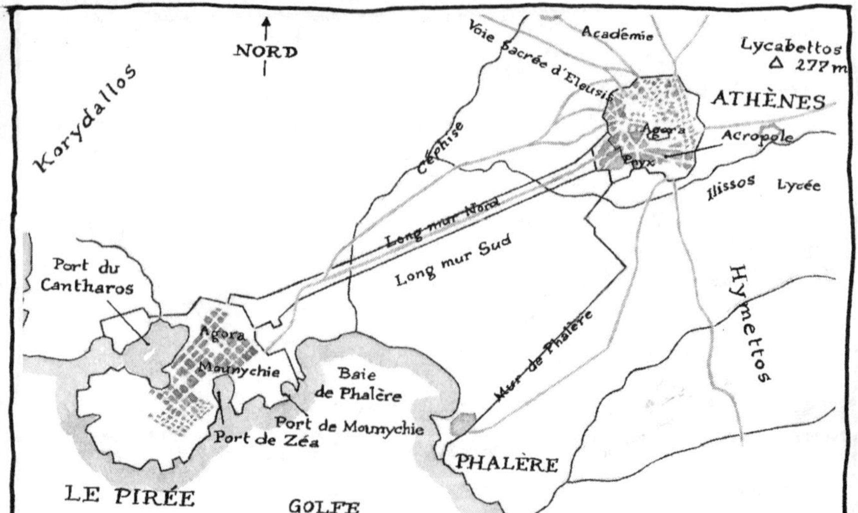

Dans les échoppes, dans les petites rues et sur la place du marché, se côtoient sans cesse les citoyens athéniens, les esclaves et les métèques, ces étrangers venus d'autres villes grecques qui ont choisi de vivre à Athènes.

Sous le gouvernement de Périclès, Athènes était devenue la plus importante des cités grecques, la plus attirante aussi pour les étrangers. Or, c'est souvent ces étrangers qui contribuaient à la puissance et au rayonnement de la capitale. Pour les protéger, Athènes leur accordait un statut civique et des droits particuliers, même si elle ne leur accordait pas la citoyenneté athénienne, réservée aux enfants de père et mère athéniens.

Périclès, né en 495 et mort en 429 avant J.-C., joua un rôle capital dans la vie politique de la cité d'Athènes. C'était un démocrate, qui voulait que tous les Athéniens soient égaux devant la loi (et puissent mener une vie décente). Il conçut un programme de grands travaux qui visait autant à procurer du travail qu'à protéger et embellir Athènes. Il fit de la ville le centre de la civilisation et de l'art classique.

Mélanthos est un de ces métèques. Très jeune, il a quitté Corinthe pour s'établir à Athènes et tenter d'y faire fortune. En 480 avant J.-C., juste après la victoire de Salamine par laquelle Athènes a gagné une longue guerre contre les Perses, toute la ville était à reconstruire. Mélanthos a donc bâti sa maison dans une ville en chantier, et l'essor de son atelier a suivi celui de la cité.

À son arrivée, Mélanthos modelait, cuisait et vendait sa production seul. Puis, peu à peu, il acquit une solide réputation. On disait que ses amphores étaient les plus solides et les plus étanches du Céramique. Comme tous ses concurrents, il ajoutait de l'ocre rouge ou vermillon à l'argile de ses poteries pour les rendre moins poreuses, mais il avait un secret : il utilisait l'ocre de l'île de Kéos, le meilleur de Grèce.

Ainsi put-il rapidement engager un peintre et un autre potier. Il acheta également cinq esclaves qui construisirent sa maison. Puis, au fil des ans, il embaucha deux autres potiers, un deuxième peintre, et acheta d'autres esclaves.

Pourtant Mélanthos n'était pas satisfait. Il espérait toujours que ses vases le rendraient célèbre dans tout Athènes et même au-delà. Pour ce faire, il venait d'embaucher un jeune peintre, Kalisthène, dont le nom commençait à être connu parmi les amateurs de vases.

Quand il était arrivé à l'atelier, Kalisthène avait offert au potier une coupe à laquelle celui-ci tenait énormément car c'était le fils de Mélanthos, Agathon, qui avait servi de modèle au peintre. On y voyait Agathon en train de pêcher… Avant de le dessiner, Kalisthène avait observé le garçon pendant des heures, accroupi sur ses talons, une canne à la main.

On reconnaissait parfaitement son corps maigre, ses longues jambes et ses yeux noirs moqueurs.

Pauvre Agathon, il aurait tellement aimé être fils de marin, hélas ! il était fils de potier... Il avait horreur d'être enfermé à l'école ou dans l'atelier de son père, il n'avait de patience que pour les poissons. Aussi, bien souvent, à la grande fureur de son père, il disparaissait des journées entières et allait au port du Pirée observer les bateaux et pêcher.

Mélanthos criait, punissait et s'inquiétait beaucoup à l'idée que son unique enfant ne reprenne jamais son atelier. Si au moins Agathon avait été capable de profiter de l'éducation raffinée qu'il lui offrait, digne des enfants des plus riches familles de la ville ! Mais Agathon désespérait son maître de musique tout autant que son père. Il avait une jolie voix, très juste, mais il ne faisait aucun effort pour mémoriser les longs passages qu'on lui dictait à l'école.

Car la base de l'enseignement grec était l'apprentissage des aventures de *L'Iliade* et *L'Odyssée*. Les enfants devaient connaître par cœur des passages entiers afin de les chanter. Les strophes, les vers, les rimes, rien ne semblait intéresser Agathon.

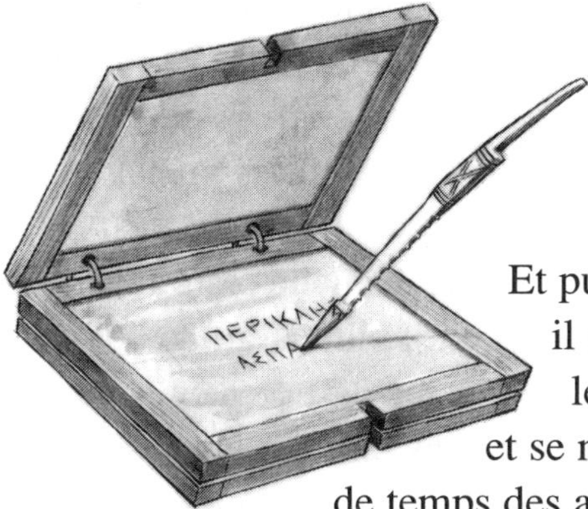

La tablette en bois recouverte de cire et le stylet étaient les deux outils de base de l'écolier athénien.

Et puis il sifflait, il jurait, il se bagarrait avec les garçons du port et se moquait à longueur de temps des autres élèves, de leurs tuniques élégantes et de leurs bonnes manières.

Pourtant, imperceptiblement, depuis l'arrivée de Kalisthène à l'atelier, Agathon avait changé.

L'enfant et le peintre avaient à peine dix ans de différence d'âge, Kalisthène faisait figure de frère aîné, un grand frère bienveillant et patient que l'on admire et qui vous estime. Agathon se sauvait de moins en moins souvent de l'atelier, il s'était même mis à lire les tablettes de bois recouvertes de cire qu'il rapportait de l'école pour pouvoir réciter tous les épisodes de *L'Iliade* et *L'Odyssée*. Puis, à son tour il demandait à son ami Kalisthène d'apprendre par cœur ces histoires.

Kalisthène, lui, savait à peine lire et compter. Il était devenu apprenti très jeune, passant ses journées à enduire le fond des vases d'une crème d'argile finement épurée qui leur donnerait leur couleur noire.

C'était le travail fastidieux de tous les débutants. Mais le maître peintre chez qui on l'avait placé avait été si impressionné par les esquisses que le garçon traçait à ses moments perdus sur les vases mis au rebut qu'il avait décidé de le former.

Quelques années plus tard, Kalisthène était devenu un véritable peintre. Au début, il s'inspirait de ce qu'il connaissait pour décorer ses vases : scènes de la vie quotidienne, cueillette des olives, vente des poissons au marché... Puis il s'était mis à puiser ses thèmes dans la mythologie.

Les aventures d'Ulysse le passionnaient mais, ne connaissant *L'Odyssée* que de façon fragmentaire, il avait besoin du savoir d'Agathon. L'enfant l'avait compris et l'aidait de son mieux. En échange, Kalisthène essayait de lui apprendre à dessiner. Il plaçait devant lui une fleur, un oiseau, ou une grappe de raisin et, patiemment, lui montrait comment faire. Mais le garçon était peu doué et ses progrès étaient lents.

Chapitre 3

Une commande extraordinaire

Agathon venait de rentrer de l'école, il se pencha par-dessus l'épaule de son père :

– Pénélope et Télémaque ?

– Bravo, répondit Mélanthos.

– Ulysse de retour à Ithaque ! C'est exactement comme cela que je l'imaginais, avec son bonnet et un sac sur l'épaule, souffla l'enfant, médusé. Mais il fait trop chaud, j'ai soif et j'ai faim. Je vais déjeuner.

Mélanthos et Kalisthène suivirent alors l'enfant à l'intérieur de la maison, où Polyxène, la femme de Mélanthos, avait préparé le repas.

La maison de Mélanthos s'élevait de l'autre côté de la cour, en face de l'atelier. C'était une bâtisse simple, à un étage, construite autour d'un patio. Les deux hommes et l'enfant pénétrèrent dans la grande pièce du rez-de-chaussée, l'andron. Cette

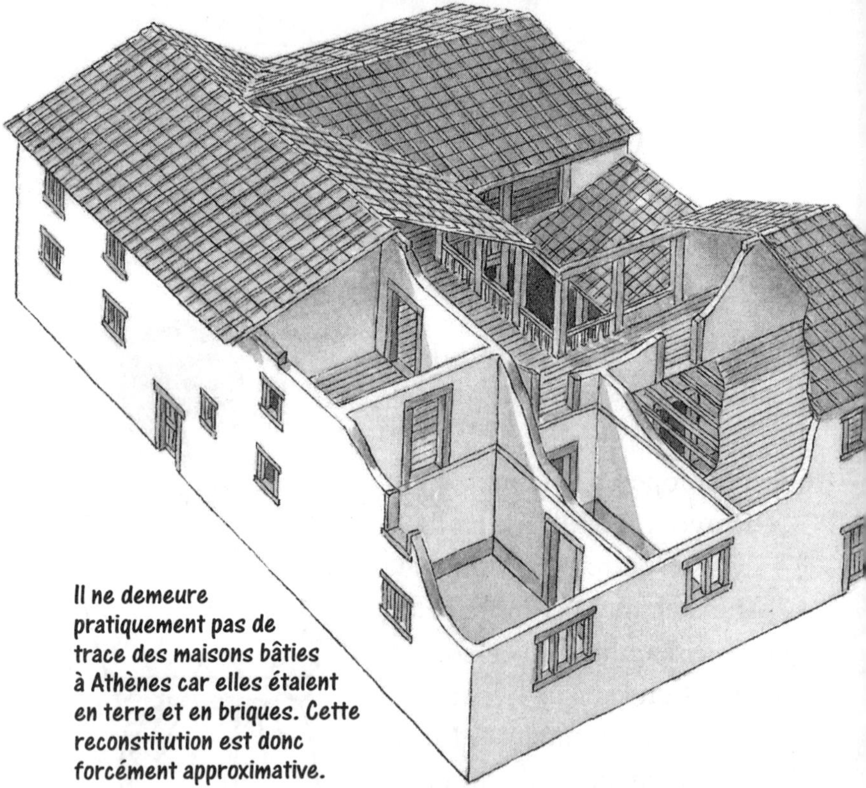

Il ne demeure pratiquement pas de trace des maisons bâties à Athènes car elles étaient en terre et en briques. Cette reconstitution est donc forcément approximative.

pièce était réservée aux hommes. Les femmes, elles, se tenaient à l'étage supérieur, dans le gynécée.

L'intérieur de la maison était sombre et frais. Polyxène entra, portant un plat rempli de poisson qu'elle posa sur une table basse. Les hommes s'assirent. Puis, tout en disposant les olives, les galettes de blé et les figues sur une table basse, Polyxène leur raconta les nouvelles qui circulaient ce matin au marché du Céramique.

LES REPAS DES ATHÉNIENS

Au petit déjeuner, du pain trempé dans du vin.

Au déjeuner, pain, olives, fromages et figues.

Au dîner, principal repas du jour :

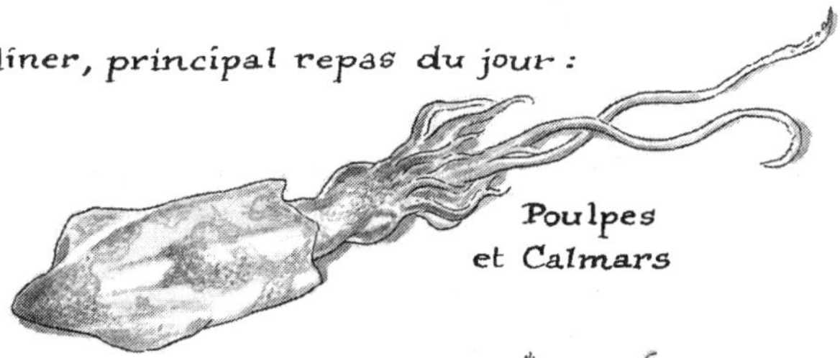

Poissons (Rougets, Maquereaux, Thons e.t.c...)
Lentilles, pois, ail, oignons, choux...
Fromages et fruits. Grenades,
Gateaux.

– On ne parle plus que du vase de Chrisothémis, le plus riche marchand d'huile. Il en cherche un qui soit susceptible d'impressionner ses invités de marque pour son prochain banquet. Avec ses serviteurs, depuis plusieurs semaines, il visite tous les ateliers du quartier pour trouver la pièce rare dont il rêve.

– Qu'est-ce qu'il doit avoir de si particulier, ce vase ? demanda Kalisthène.

– Chrisothémis veut qu'il soit orné d'un motif que personne n'aura encore jamais vu !

– Il ne va pas tarder à trouver, ce ne sont pas les belles pièces qui manquent au Céramique, affirma Mélanthos.

– Ce n'est pas sûr ! Il a déjà visité les meilleurs ateliers, il s'est fait présenter toute la marchandise disponible, mais rien n'est assez original pour lui et il fait dire partout qu'il est prêt à payer n'importe quel prix pour le vase qu'il désire.

Mélanthos ne dit rien. Il réfléchissait. S'il pouvait fournir au marchand le vase dont il rêvait, non seulement cela leur rapporterait de nombreuses commandes, mais surtout ce serait enfin l'occasion de se faire connaître auprès des meilleurs amateurs de poteries d'Athènes. Bientôt sa décision fut prise :

– C'est nous qui fabriquerons le vase dont Chrisothémis rêve !

– Une scène jamais vue, belle, originale, réalisée le plus vite possible, ce n'est pas facile. Tu as une idée ? demanda Kalisthène.

– Pas pour le moment.

– Moi non plus, dit Agathon.

Tout en continuant de déjeuner, ils se mirent tous à méditer. Intriguée par le silence qui régnait dans l'andron, Polyxène apparut dans l'embrasure de la porte :

– Que se passe-t-il ? On ne vous entend plus.

– Nous cherchons un motif pour le vase de Chrisothémis, expliqua Mélanthos.

À son tour la jeune femme se mit à réfléchir :

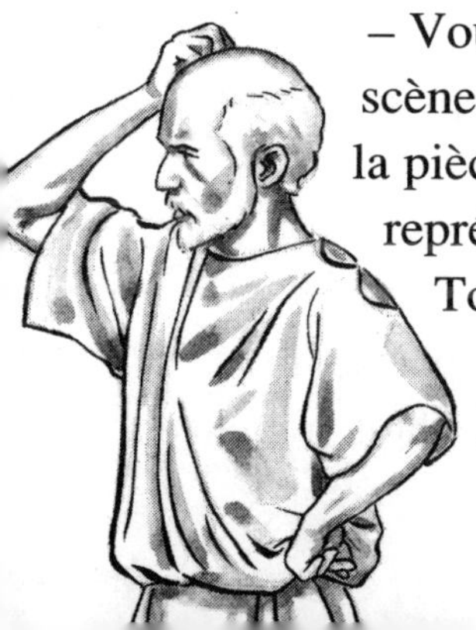

– Vous pourriez peut-être trouver la scène que vous cherchez dans *Œdipe roi*, la pièce de Sophocle qui vient d'être représentée pour les fêtes de Dionysos ? Toute la ville ne parle que d'elle.

– Très bonne idée, approuva Mélanthos.

Coupe attique à figures rouges en provenance de Vulci. Vers 470 avant J.-C.
Œdipe fait face au Sphinx qui est posé sur une colonne. Mi-femme mi-fauve, le Sphinx est, comme les Sirènes, une créature hybride qui n'appartient ni au monde des dieux ni à celui des bêtes. Il constitue un danger redoutable pour les hommes.

– Malheureusement, plusieurs potiers connaissent la pièce et ont déjà représenté la plupart de ses scènes, dit Kalisthène. Vous vous souvenez du passage où Œdipe doit résoudre l'énigme du Sphinx, sous peine d'être dévoré par lui ? J'ai déjà vu une coupe où figurait cette scène.

– Quelle énigme ? demanda Agathon.

– Quel est l'animal qui marche à quatre pattes le matin, à deux pattes à midi et à trois pattes le soir ? lui répondit sa mère.

– Un animal ? Je ne vois vraiment pas.

– Réfléchis, dit Polyxène.

– L'homme ! lança Kalisthène qui, pressé de reprendre sa conversation avec Mélanthos, n'avait pas la patience d'attendre qu'Agathon ait trouvé. Le petit homme qui ne sait pas encore marcher se déplace à quatre pattes. L'homme sur ses deux pieds. Et le vieillard à l'aide d'une canne. La réponse, c'est l'homme du début à la fin de sa vie.

– Bien sûr ! murmura Agathon, admiratif.

– Difficile de trouver un motif vraiment original, soupira Mélanthos, déçu. Tu ne verrais pas un épisode dans la vie d'Ulysse…

– Oui, mais il n'y a pas plus connu et plus représenté que la vie d'Ulysse, s'exclama Agathon.

– Il a raison, dit le peintre, vraiment ce n'est pas facile.

Les deux hommes et l'enfant achevèrent leur repas.

La chaleur était devenue étouffante, même à l'intérieur de la maison. Dehors, dans le feuillage des oliviers qui donnait de l'ombre à la cour, les cigales stridulaient très fort.

Agathon, assis au pied de son père, somnolait déjà. Il entendit encore quelques instants la conversation des deux hommes puis s'endormit.

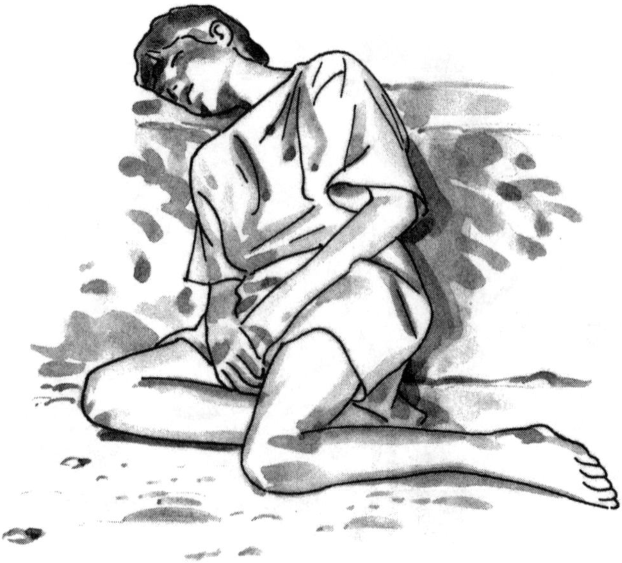

Chapitre 4

L'atelier au travail

Soudain, il fut réveillé par le bruit que faisaient les esclaves en déchargeant des sacs qu'on était venu livrer. Il noua ses sandales et sortit.

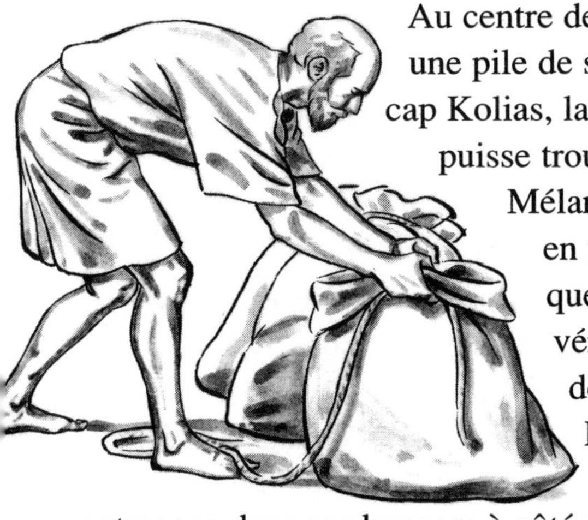

Au centre de la cour se dressait une pile de sacs d'argile du cap Kolias, la plus fine que l'on puisse trouver en Attique. Mélanthos était déjà en train d'en ouvrir quelques-uns pour vérifier la qualité de leur contenu. Puis il ordonna qu'on les entrepose dans ses hangars à côté du minium qu'il faisait venir de l'île de Kéos.

Agathon voulut rejoindre son père, mais celui-ci lui fit signe de le laisser tranquille. Il traversa alors la cour et se dirigea vers le tour où s'activait le vieux Mégathon, le potier le plus expérimenté et le plus patient, qui le laissait se servir dans sa motte d'argile pour fabriquer des jouets et des petits animaux.

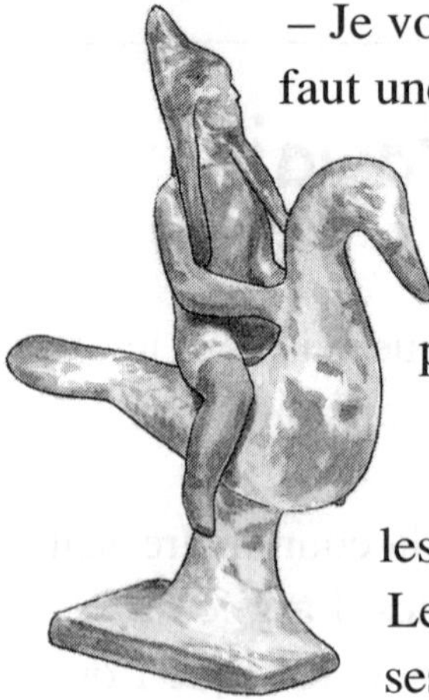

Jouet en terre

– Je voudrais faire des toupies. Il m'en faut une dizaine pour moi et mes amis.

– Quelles sortes de toupies ?

– Des grosses, rondes, des sifflantes et aussi des toutes plates.

– Je te montre ?

– Pour les sifflantes je veux bien, les autres je sais.

Le potier roula une petite boule entre ses paumes et, en quelques gestes précis et rapides, il façonna une toupie sifflante sous le regard amusé d'Agathon.

– Tiens voilà, à toi maintenant !

– Tu vas trop vite, je n'ai rien vu. Recommence encore une fois et je te laisse tranquille, supplia Agathon.

Patiemment le vieil homme s'exécuta à nouveau et tendit une deuxième toupie sifflante à l'enfant, tout en lui disant :

– Je ne peux pas jouer avec toi plus longtemps. Ton père et Kalisthène m'ont demandé un grand vase.

– C'est le grand vase de Chrisothémis ?

– Oui, c'est ça.

– Qu'est-ce qu'ils ont choisi comme forme ?

– Un stamnos.

– Et le motif ? Quel motif ils ont pris ?

– Pour le moment, ils n'ont pas trouvé. Il paraît qu'il faut quelque chose que personne n'a jamais vu ! Allez ouste, laisse-moi travailler !

Le vieux potier entreprit alors de placer sur son tour une grosse motte d'argile après l'avoir longtemps malaxée pour en éliminer toute bulle d'air. Son jeune assistant actionna le plateau avec son pied et, quand il atteignit la bonne vitesse, Mégathon monta avec ses mains le stamnos. Avec la main droite il façonnait le vase, avec la gauche il puisait dans l'argile. La panse du vase s'éleva progressivement, le tour s'arrêta, repartit, et la partie la plus rebondie du stamnos s'amorça.

Puis, les bras engourdis, le vieux potier s'arrêta et immobilisa le tour pour examiner avec son assistant où il en était de son travail : la forme et les proportions du vase étaient superbes, la surface parfaitement lisse. Satisfait, Mégathon demanda à son assistant de remettre le tour en marche, et il reprit son ouvrage.

Le vase s'éleva encore un peu, le potier s'arrêta de nouveau. Il fixa alors deux petites anses de chaque côté puis déposa soigneusement l'objet sur le sol afin qu'il sèche, en plein soleil, dans un espace réservé à cet effet. Il ne lui restait plus maintenant qu'à façonner l'embouchure, le pied et le couvercle du stamnos. Demain, l'argile du vase serait assez dure pour qu'il puisse le polir, et ensuite Kalisthène pourrait le peindre. Mégathon était content. Ce stamnos était certainement le plus beau qu'il ait jamais fait.

Tandis que le vieil homme s'activait, Agathon continuait à fabriquer ses toupies, tout en chantant doucement pour ne pas le déranger :

– Tu vas arriver chez les Sirènes qui ensorcellent les humains qui les approchent. Celui qui, par ignorance, les aborde et prête l'oreille à leur voix, jamais sa femme ni ses petits enfants n'auront la joie de son retour.

– Qu'est-ce que tu chantes ?

Surpris, Agathon sursauta et écrabouilla la queue de sa huitième toupie.

Il tourna la tête et aperçut Kalisthène venu voir quelle tournure prenait le grand stamnos de Mégathon.

– Tu m'as fait peur, dit-il furieux, et ma toupie n'a plus de queue !

– Donne, je vais la refaire.

Pendant que le peintre fabriquait une nouvelle toupie, Agathon reprit son chant :

*– Toi, tu pourras écouter si tu veux, à condition qu'ils te lient pieds et poings à la base du mât. Fais-toi attacher pour pouvoir t'abandonner au plaisir de leur voix. Si tu supplies tes compagnons et les pries de te délier, qu'ils te chargent encore plus de corde *.*

– De qui s'agit-il ? Qu'est-ce que tu chantes ? répéta Kalisthène.

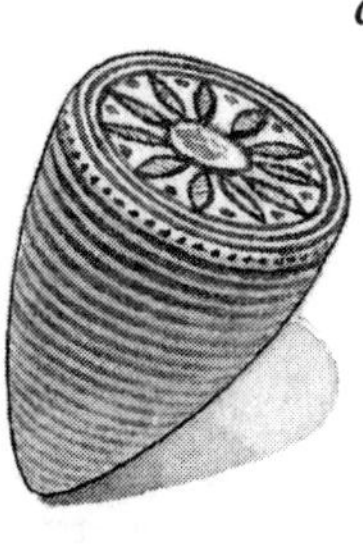

*** Traduction de Michel Woronoff, Casterman, 1996.**

– D'Ulysse ! C'est le passage qu'on a appris ce matin. Celui où Circée la magicienne accepte de laisser partir Ulysse qu'elle retenait prisonnier dans son île et lui annonce les dangers qui l'attendent. Le premier danger, ce sont les Sirènes.

– Les Sirènes ?

– Oui !

Le peintre demeura silencieux.

– À quoi tu penses ? demanda Agathon au bout d'un moment.

– Je pense que je n'ai jamais vu de représentations d'Ulysse avec les Sirènes. Chante-moi ton passage encore une fois.

Agathon s'exécuta.

Chapitre 5

La voix ensorcelante des Sirènes

– Je l'ai, mon sujet ! s'écria Kalisthène.

– Ulysse et les Sirènes ?

– Oui. Raconte-moi tout ce que tu sais sur elles.

– Mais rien de plus que ce que tu viens d'entendre.

– Tu as idée de ce à quoi elles peuvent ressembler ?

– Aucune.

– Écoute, dit le jeune peintre très excité en s'accroupissant près d'Agathon, demain tu interroges ton maître de musique et tu essaies de savoir tout ce qui est possible sur les Sirènes.

La lune s'était levée quand ce soir-là Kalisthène quitta l'atelier. Il s'engouffra aussitôt dans un entrelacs de ruelles de plus en plus étroites, bordées d'étroites maisons d'artisans à un étage. Elles étaient bâties en briques crues ou en torchis, et le peu de fenêtres qu'elles avaient étaient toutes petites.

S'échappant des cours intérieures, il entendait le bruit des familles qui dînaient, les querelles, les cris, les pleurs des enfants. L'odeur de fumée des braseros sur lesquels cuisaient les repas se mélangeait à celle, nauséabonde, des seaux d'eau sale que l'on versait directement dans la rue. Des chiens maigres aboyaient sur son passage.

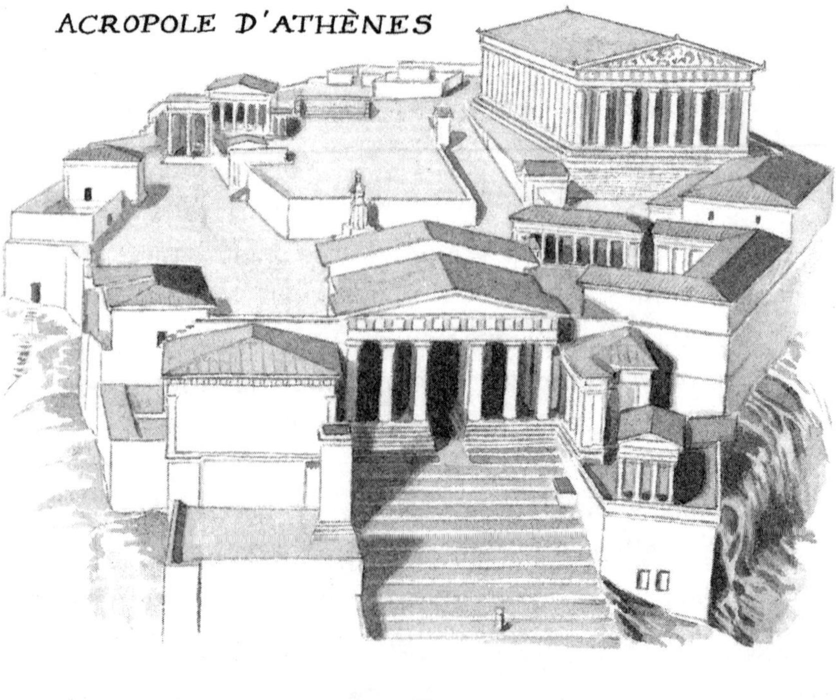

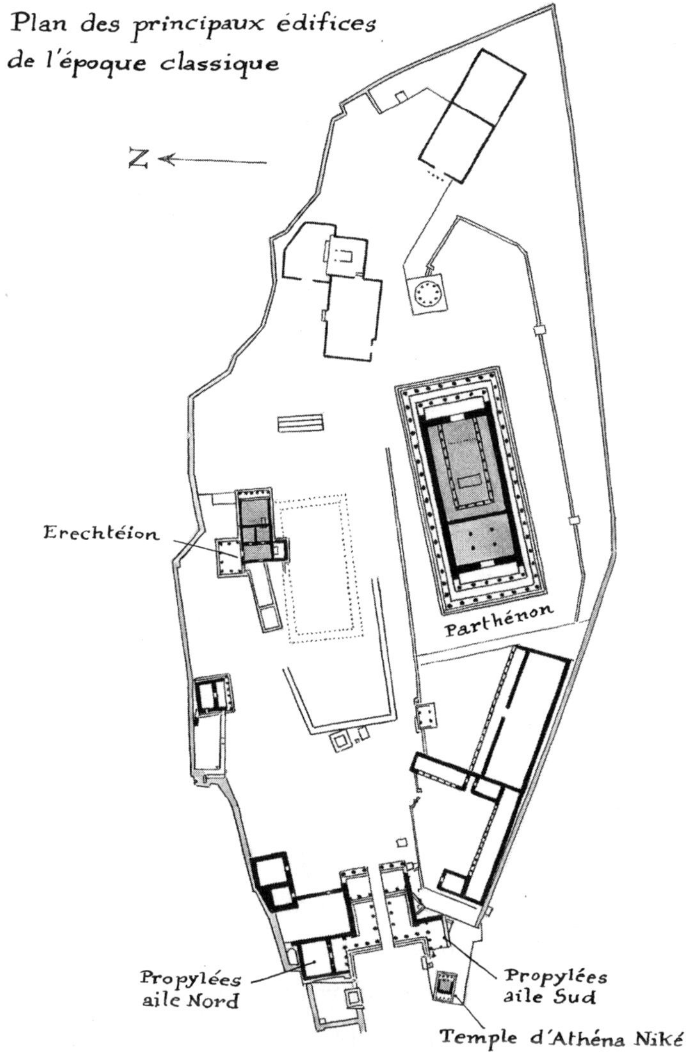

Périclès confia au sculpteur Phidias l'organisation des travaux pour réaliser l'Acropole. Phidias conçut un plan général, trop vaste pour être mené à son terme en une génération. La réalisation totale ne s'accomplit qu'à la fin du Ve siècle après J.-C. Périclès et Phidias ne virent achevés que le Parthénon, le grand temple d'Athéna (construit entre 447 et 438 avant J.-C.) et l'entrée monumentale de l'Acropole, les Propylées.

Cette statue d'Athéna est une copie tardive de celle qu'avait exécutée Phidias pour le Parthénon. Dans le dallage du grand temple on voit encore le logement de la poutre centrale qui soutenait l'énorme statue de douze mètres de haut. Le corps de la statue, sur lequel étaient appliqués de l'ivoire et de l'or, était en bois.

Au bout de quelques minutes, le peintre finit par sortir de ce dédale bruyant et crasseux, et parvint au mur d'enceinte de la cité.

À droite de la porte Diphile, adossée au mur d'enceinte, s'élevait sa petite maison, flanquée d'une terrasse remplie de pots de lauriers et d'aromates.

De là on avait une vue magnifique sur la plaine qui s'étendait jusqu'au Pirée et sur l'Acropole, où le temple d'Athéna dominait la ville. C'était pour pouvoir le regarder de jour comme de nuit, en toute saison et sous différentes lumières, que Kalisthène avait choisi cette maison.

De nuit, on percevait à peine le mouvement du feuillage des oliviers qu'agitait le vent venu de la mer ; il montait vers la terrasse, chargé du parfum de la terre chaude et du chant des cigales, et inclinait doucement les lauriers dans leurs pots.

La constellation des Pléiades : avec les Égyptiens, les Grecs furent les fondateurs de l'astronomie. Philosophes et mathématiciens grecs firent de longs séjours en Égypte pour consulter les observations accumulées depuis plusieurs centaines d'années.

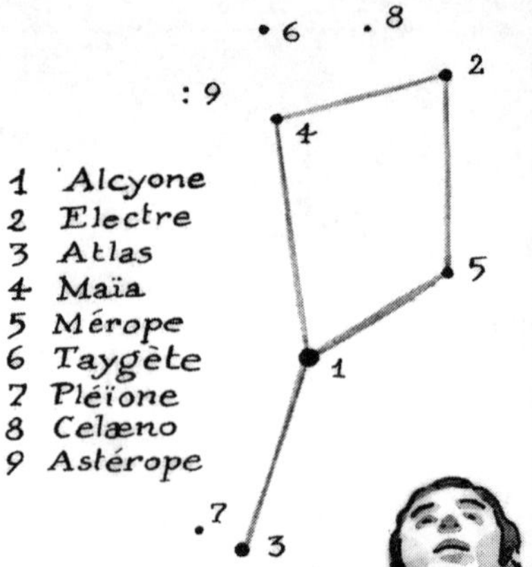

Le peintre ouvrit sa porte, grimpa un petit escalier et se retrouva sur la terrasse. Il attrapa une vieille coupe ébréchée, la plongea dans une grosse amphore pleine d'eau et commença à arroser ses plantes. Face à lui brillait sous la clarté de la lune le Parthénon, la grande demeure en marbre blanc d'Athéna, que Périclès, le chef de la cité, avait fait construire au lendemain de la victoire de Salamine pour célébrer la puissance de la déesse protectrice de la ville.

Kalisthène leva la tête vers le ciel : en ce mois de juillet, la constellation des Pléiades et celle de la Grande

La voûte céleste de l'hémisphère nord

1 Etoile Polaire
2 Petite Ourse
3 Grande Ourse
4 Dragon
5 Céphée
6 Cassiopée
7 Girafe
8 Lynx
9 Petit Lion
10 Chiens de chasse
11 Bouvier
12 Couronne Boréale
13 Hercule
14 Lyre
15 Cygne
16 Lézard
17 Andromède
18 Persée
19 Cocher
20 Gémeaux
21 Cancer
22 Lion
23 Chevelure de Bérén
24 Serpent
25 Serpentaire
26 Flèche
27 Dauphin
28 Petit Cheval
29 Pégase
30 Poissons
31 Bélier
32 Triangle
33 Baleine
34 Pléïades
35 Taureau
36 Orion
37 Petit Chien
38 Hydre femelle
39 Vierge

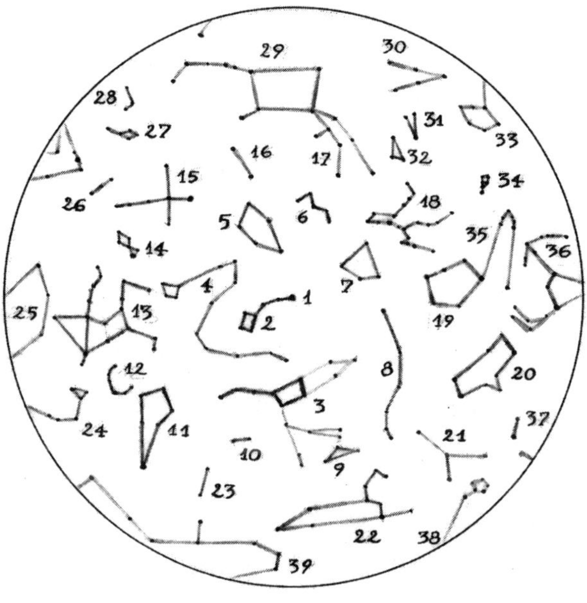

Ourse étaient très visibles. C'étaient ces étoiles qui avaient guidé Ulysse quand il pilotait son bateau de nuit. Ulysse, le protégé d'Athéna, le héros qu'elle aimait entre tous, dont elle avait tenu le bras sur la barre du navire qui le ramenait à Ithaque. Ulysse à qui Athéna avait insufflé la ruse nécessaire pour surmonter les épreuves qui se succédaient sur sa route.

Kalisthène se demanda ce que la déesse Athéna avait bien pu conseiller à Ulysse pour résister aux Sirènes qu'on disait invincibles. Il essaya d'imaginer ces créatures redoutables, mais il ne parvenait à se représenter que des femmes musiciennes comme celles que l'on fait venir pour les banquets, joueuses de flûte et de cithare.

Le lendemain, à peine rentré de l'école, Agathon alla directement trouver le peintre avec sa tablette en bois recouverte de cire. Kalisthène l'interrogea.

– Alors ? Qu'est-ce que tu as appris ?

– Pas grand-chose. Juste la suite de ce que j'ai chanté hier. Le maître de musique m'a dit que c'était tout ce qu'Homère avait dit des Sirènes.

Et Agathon se mit à lire lentement le fameux

passage de *L'Odyssée* : Ulysse rencontre les Sirènes, mais, pour pouvoir entendre leurs voix magnifiques et ne pas en mourir, il bouche les oreilles de tous ses compagnons avec de la cire puis se fait attacher au mât de son bateau. Le bateau s'approche alors du rocher des Sirènes, le vent tombe, les marins se mettent à ramer.

– Maintenant écoute bien, dit Agathon, voilà ce qu'elles ont dit à Ulysse :

– *Viens ici, Ulysse légendaire, arrête ton bateau, viens entendre notre voix à toutes deux. Aucun bateau à coque noire n'a jamais longé notre rivage sans succomber au charme de notre chant mélodieux. Nous savons tous les malheurs dont les dieux ont accablé Achéens et Troyens dans la vaste Troade. Nous savons tout ce qui se passe sur la terre féconde.*

– C'est tout ? demanda Kalisthène.

– Oui.

– Alors on ne dit rien de leur aspect ?

– Non. Le poème décrit simplement leur voix, aussi aiguë que celle des jeunes filles ou du rossignol, qui envoûte d'une façon irrésistible celui qui les écoute. Il dit aussi qu'elle a la douceur du miel. Le maître de musique m'a expliqué que les Sirènes prétendaient chanter comme des aèdes. Elles voulaient faire croire à Ulysse qu'elles connaissaient tous les exploits des héros qui se sont battus à Troie et qu'elles pouvaient les lui raconter.

« Elles se vantaient aussi de pouvoir contribuer par leurs chants à sa renommée à lui, mais c'est faux, complètement faux, les Sirènes ne contribuent à la gloire de personne ! Leur voix est un piège car elle fait perdre la mémoire. Tant qu'elles chantent, l'homme qui les écoute reste prisonnier, il ne peut plus bouger et finit par mourir sans sépulture sur leur rocher.

– Si j'ai bien compris, dit Kalisthène, les Sirènes ne chantent que pour tuer, elles ont peut-être des voix de rossignols, mais elles se comportent comme des oiseaux meurtriers. Ce sont des vautours en fait !

– Oui c'est ça, mais comme personne ne sait à quoi elles ressemblent, je ne vois vraiment pas ce que tu peux faire, s'interrogea l'enfant, visiblement désolé.

– Ne t'inquiète pas ! rétorqua Kalisthène, dans un grand élan d'enthousiasme.

Chapitre 6

Kalisthène à l'ouvrage

Le lendemain, Kalisthène s'installa avec le stamnos dans un coin de l'atelier, à l'abri des allées et venues. Non seulement il ne disposait que d'un temps limité pour peindre la scène du chant des Sirènes, mais en plus il devait tenir compte des contraintes techniques : au-delà d'un temps de séchage trop long, des craquelures catastrophiques pouvaient se produire dans l'argile...

Il fit d'abord une esquisse au charbon de bois, puis, au moyen d'une crème brune composée d'argile délayée, il dessina tous les éléments de la scène. Pendant cette étape qui lui demandait beaucoup de concentration, heureusement personne ne vint troubler son travail ni lui poser de questions. Au bout de plusieurs heures, muni d'un

pot rempli d'argile liquide et d'un pinceau, Kalisthène cerna d'un trait noir ses figures, en corrigea certaines, puis enduisit le fond de la poterie de l'épais liquide sombre.

Lorsque le vase fut à nouveau sec, Kalisthène exécuta délicatement tous les détails : les doigts, les yeux, les boucles de cheveux.

À la fin de la journée, il appela Mélanthos pour lui montrer son travail.

Le Corinthien fut stupéfait : jamais il n'avait vu une scène aussi naïve et inquiétante à la fois, non pas belle, mais saisissante. Une scène qu'on ne pouvait oublier. Il fit tourner le grand vase entre ses mains, s'arrêta sur différents détails, et reprit son examen. Au bout d'un temps qui parut au peintre infiniment long, il murmura :

– Incroyable !

Puis il appela Agathon qui s'activait auprès d'un four pour récupérer les toupies qu'il avait façonnées la veille.

– Agathon, viens voir ! Viens voir les Sirènes d'Ulysse !

Agathon se précipita et vint voir le stamnos, mais sa déception fut si grande qu'il en resta muet. Stupéfait. Jamais il n'aurait imaginé que les Sirènes qu'il se représentait plus belles que la belle Hélène deviendraient ces monstres répugnants sous le pinceau de son ami... Il était saisi, entre la crainte et le dégoût.

À son tour, Mégathon s'approcha. Il regarda et se tut. « Lui aussi a peur », pensa Agathon. Au bout d'un long moment, le vieil homme dit au peintre :

– Si tu veux étonner et inquiéter, ton vase est parfaitement réussi, mais j'espère qu'il ne t'attirera pas la colère des Sirènes.

Kalisthène sourit :

– Je ne crains qu'une chose, c'est que le vase casse à la cuisson.

Puis il tendit son stylet à Mégathon et à Mélanthos afin qu'ils apposent leur signature auprès de la sienne, et les deux hommes s'exécutèrent.

– Prions notre protectrice, Athéna Erganê, dit Mélanthos.

Après lui, tout le monde répéta la prière des potiers :

– Déesse, étends ta main sur le four.

Car c'est Athéna, ils en étaient sûrs, qui indiquerait

le moment exact pour arrêter la cuisson, le moment où le vase serait cuit à point, le vernis parfaitement brillant. C'est elle encore qui écarterait du four les méchants démons : le Briseur, le Fêleur et l'Éclateur.

Mélanthos leva la main. Deux esclaves vinrent saisir le stamnos tandis qu'un troisième ouvrait la porte du four. Le vase y fut délicatement enfourné et la porte se referma. Il allait falloir attendre maintenant plusieurs heures avant de savoir si la déesse leur avait été favorable.

Lorsque le moment fut venu d'ouvrir à nouveau la porte, tous les travailleurs de l'atelier se rassemblèrent derrière Mélanthos et Kalisthène. L'impatience était à son comble. Dans un silence recueilli, le vieux Mégathon ouvrit alors le four : le vase était intact ! Un soupir de soulagement parcourut l'assemblée, puis le silence se fit à nouveau quand le vieil homme se saisit du vase encore tiède :

– Les couleurs sont parfaites, dit-il, en l'apportant à Mélanthos, tandis que sur son passage les hommes s'exclamaient d'émerveillement.

Alors le potier sourit de satisfaction : encore quelques pièces comme celle-ci et la réputation de son atelier serait faite.

Le peintre était heureux lui aussi. Les Sirènes étaient bien telles qu'il avait voulu les rendre.

Stamnos attique à figures rouges provenant de Vulci.
Vers 480 avant J.-C.
Le bateau d'Ulysse est parvenu au rocher des Sirènes. Le peintre a représenté trois Sirènes, alors que dans « L'Odyssée » elles sont vraisemblablement deux. À l'approche des monstres, le vent est tombé. La voile carrée du navire est roulée sur la vergue qu'on a remontée en haut du mât. Ulysse y est solidement attaché. Il lève la tête vers les Sirènes pour mieux entendre leur chant. Ses compagnons, eux, se sont soigneusement bouché les oreilles avec de la cire d'abeille, ils rament énergiquement pour fuir le danger. On remarque sur la proue le dessin d'un grand œil : les Grecs en peignaient sur les navires pour conjurer le mauvais sort.

LE SECRET DU VERNIS NOIR

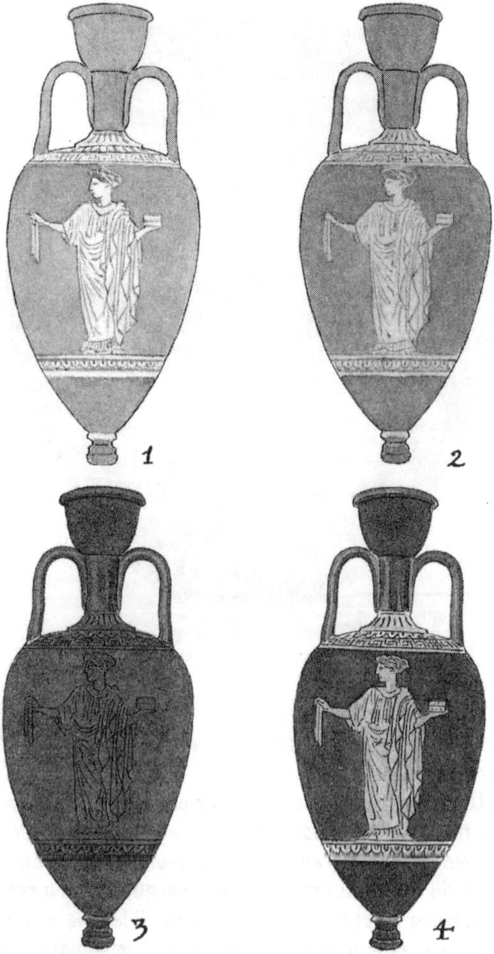

1. Le peintre dessine au moyen d'une crème brune composée d'argile délayée. 2. Cuisson à 800° : l'oxygène de l'air est absorbé par le fer contenu dans l'argile. 3. Le potier coupe l'arrivée d'air. La température du four atteint 945°. L'oxygène est expulsé du fer. Le vase devient noir. 4. Lorsque le potier fait revenir l'air, les parties non peintes redeviennent rouges.

Non pas belles, mais mystérieuses et terrifiantes. Quant à la question que tout le monde lui posait – « pourquoi l'une des trois Sirènes se jette-t-elle dans la mer ? » –, il ne répondait pas.

Que chacun trouve une réponse.

Chapitre 7

Mélanthos emporte la commande

– Bon, alors, dis-moi pour de bon comment tu le trouves ? demanda Mélanthos à son fils.

Cette fois, Agathon fut bien obligé de répondre. Il rougit et bredouilla :

– Vraiment... vraiment affreux.

Kalisthène sourit, pas du tout vexé ; il savait qu'il faudrait du temps pour qu'Agathon puisse apprécier le vase comme lui-même et son père.

– L'heure n'est pas aux discussions. Ce qu'il faut maintenant, c'est que Chrisothémis voie le vase et l'achète ! coupa Mélanthos, de plus en plus nerveux. Car il n'avait qu'une crainte : que Chrisothémis ait la même réaction que son fils et Mégathon.

– Agathon, tu vas aller tout de suite chez Chrisothémis. Tu lui diras que j'aimerais lui montrer un vase où sont représentés Ulysse et les Sirènes. Allez file !

Agathon, trop heureux d'échapper aux explications, se précipita dehors. Il s'engouffra dans les petites ruelles sombres du Céramique et courut le plus vite possible jusqu'au quartier des riches Athéniens, là où vivaient les armateurs, les banquiers et les grands marchands.

Il demanda à plusieurs reprises où se trouvait la maison de Chrisothémis. Tout le monde la

Les Grecs plaçaient une tête d'Hermès au-dessus des portes des maisons pour les protéger. Hermès, dieu habile et rusé par excellence, patronne à la fois les voyageurs, les commerçants, les orateurs et les voleurs. Il est aussi l'inventeur de la lyre et des poids et mesures.

connaissait, c'était une des plus belles du quartier, et on lui expliqua qu'il la reconnaîtrait à sa grande porte en bois surmontée d'une tête d'Hermès. Aussitôt Agathon l'aperçut au milieu d'un grand mur. Très impressionné, il frappa. Un esclave vint ouvrir.

– Je suis le fils de Mélanthos, le potier, mon père m'a chargé d'une commission pour Chrisothémis.

– Entre, je vais te conduire, répondit l'esclave en s'inclinant.

Ils traversèrent une grande cour dallée, bordée de lauriers en fleur, et pénétrèrent dans la somptueuse demeure du marchand. L'esclave le conduisit dans l'andron où Chrisothémis recevait ses amis et donnait ses banquets. C'était une pièce magnifique, qui s'ouvrait sur la cour par

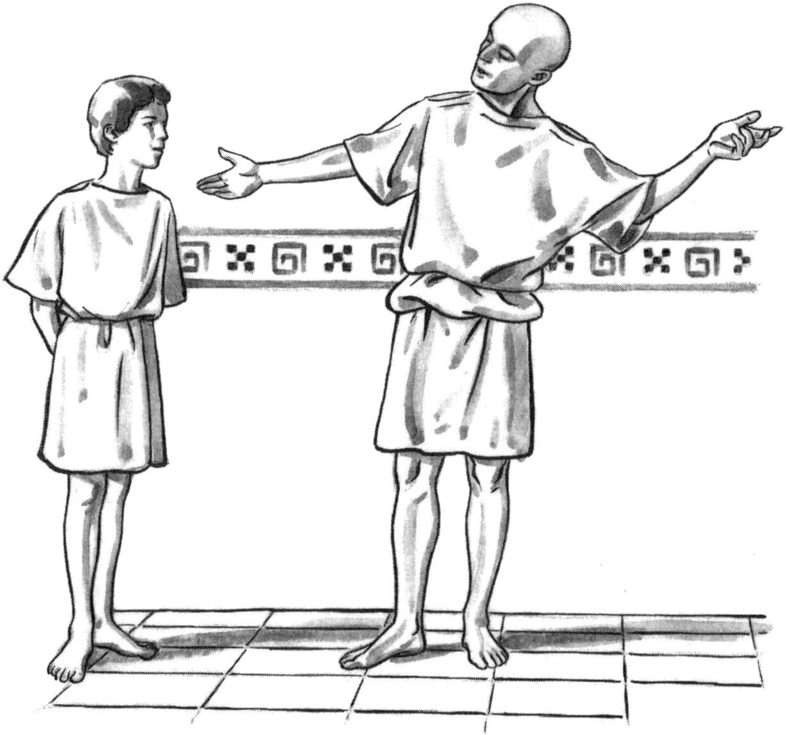

deux larges voûtes ; sur les trois autres murs, de vastes étagères avaient été fixées pour exposer ses poteries.

Agathon n'avait jamais vu autant de belles œuvres réunies. Ce n'était que plaisir des yeux : toutes sortes de cratères, d'amphores et de coupes se succédaient. Çà et là, de fins lécythes blancs tranchaient sur le noir et les rouges. Agathon ne pouvait s'empêcher d'examiner chaque vase, chaque coupe, chaque plat. Il y retrouvait les héros qui le faisaient rêver : Héraclès et sa massue, Thésée et ses compagnons, le malheureux Icare, Achille et ses armes splendides.

Soudain, Agathon fut tiré de sa contemplation par le ton furieux de Chrisothémis. Il se retourna. Le marchand, allongé sur un lit, adossé à un gros coussin, tenait une coupe de vin à la main et écoutait le rapport que son intendant lui faisait sur les recherches menées pour trouver le vase qu'il convoitait.

– Alors incapable ! tu n'as pas encore trouvé ce que je cherche et mon banquet est dans cinq jours ! Si tu ne me rapportes pas ce vase demain…

Le marchand s'interrompit en apercevant l'enfant qui l'écoutait.

– Que fait ce gosse chez moi ? lança-t-il.

– Maître, c'est le fils du potier Mélanthos, répondit l'esclave, il prétend que son père possède le vase que vous souhaitez.

1 à 7. Vases à mélanger et à rafraichir le vin

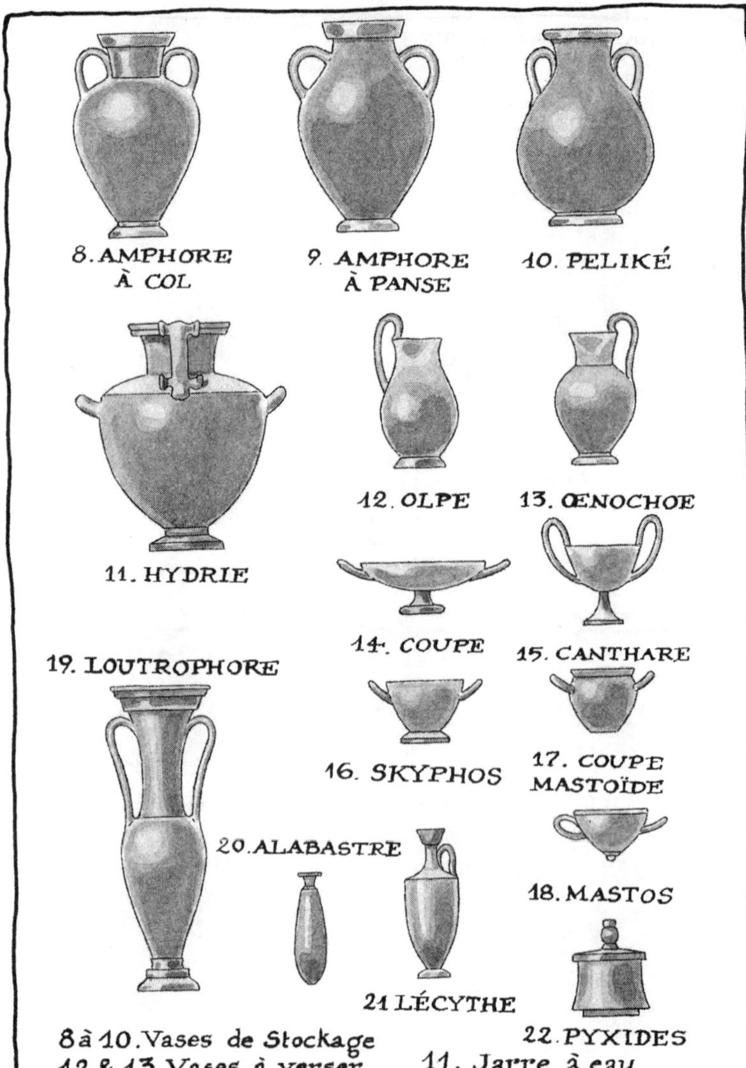
8. AMPHORE À COL
9. AMPHORE À PANSE
10. PELIKÉ
11. HYDRIE
12. OLPE
13. ŒNOCHOE
14. COUPE
15. CANTHARE
16. SKYPHOS
17. COUPE MASTOÏDE
18. MASTOS
19. LOUTROPHORE
20. ALABASTRE
21 LÉCYTHE
22. PYXIDES
8 à 10. Vases de Stockage
12 & 13 Vases à verser
19 Vase à usage rituel
22. Boite à couvercle
11. Jarre à eau
14 à 18. Coupes
20 & 21. Fioles à huile

– Alors morveux, ton père a un vase pour moi ! Mais sait-il bien ce que je cherche ? Je veux un vase que tous mes convives m'envieront et qui fera longtemps parler de moi ! Et rien, rien de ce qu'on m'a montré au Céramique ne correspond à ce que je désire !

– Venez chez nous, vous ne le regretterez pas, s'empressa de dire Agathon.

– Ils disent tous cela, jeta Chrisothémis.

Agathon pensa à son père, à Kalisthène et au vieux Mégathon, et il ravala sa colère. Il fallait absolument convaincre le marchand de venir à l'atelier et, par cette chaleur, cela n'allait pas être facile.

– Le vase de mon père est magnifique. C'est Kalisthène qui l'a peint.

– Et qui est ce Kalisthène dont je n'ai jamais entendu parler ?

– Un peintre réputé.

– S'il était réputé, je le connaîtrais, petit idiot, répliqua le marchand méchamment. J'ai bien peur que ton père ne me fasse venir pour rien.

– Kalisthène a peint Ulysse et les Sirènes !

Chrisothémis perçut l'étonnement de son

Canthare du VIe siècle avant J.-C.

Skyphos du IVe siècle avant J.-C.

intendant et de l'esclave. Orgueilleux, il cacha sa propre surprise et, après un moment d'hésitation, se décida à aller voir le vase de ses propres yeux. L'esclave lui noua ses sandales, l'aida à descendre de son lit, puis tous les trois prirent le chemin de l'atelier.

– C'est là ! fit Agathon avec fierté.

Le gros marchand était à la fois rouge, fatigué et mécontent d'avoir marché sous le soleil. Il souleva sa tunique avec dégoût pour traverser la ruelle malpropre qui bordait l'atelier et entra.

Debout au milieu de la cour, Mélanthos et Kalisthène l'attendaient. Dès qu'ils le virent, ils s'approchèrent de lui pour l'accueillir.

À peine Mélanthos avait-il placé le vase entre les mains de Chrisothémis que le marchand d'huile montra des signes de frayeur. Puis, au bout de quelques instants, il se reprit, reconnut Ulysse attaché à son mât, et examina soigneusement les trois gros oiseaux à tête de femme :

– Alors ce sont les Sirènes ? Elles sont vraiment terrifiantes !

Puis le marchand continua à regarder le vase sans dire un mot. Tout l'atelier était suspendu à ses lèvres, inquiet du moindre commentaire.

– Tu peux être satisfait, Chrisothémis ! retentit tout à coup la voix de Mélanthos, se substituant au silence pesant qui s'était installé dans la cour. Tes invités seront les premiers à découvrir les Sirènes d'Ulysse !

À ces mots, le riche marchand se ressaisit, comprenant le parti qu'il pouvait tirer d'une œuvre aussi singulière. Cet étrange vase ferait parler de lui dans toute la ville...

– Combien en veux-tu ?

Mélanthos annonça son prix, Chrisothémis sursauta :

– Ce n'est pas possible, c'est le prix de dix vases comme le tien !

– Mon vase est unique, dit tranquillement Mélanthos, et ton banquet a lieu dans cinq jours.

Chrisothémis essaya de discuter, en vain, et finit par sortir une bourse rebondie qu'il tendit au potier. Puis il remit le vase à son esclave et rentra chez lui.

Sur ce vase, une œnochoé attique de 440 avant J.-C., la déesse Athéna modèle un cheval en terre. Elle est alors Athéna Erganê (l'ouvrière), la patronne des artisans et en particulier des potiers. Comme toutes les divinités grecques, Athéna a de multiples fonctions. Déesse guerrière, elle incarne la stratégie par opposition à la force brutale. Elle est également la patronne des marins et la protectrice des jeunes filles.

Chapitre 8

La vengeance des Sirènes

Une fois Chrisothémis reparti, l'atelier laissa éclater sa joie. Mélanthos fit servir une collation à tout le monde, et chacun trinqua à son succès, aux futures commandes et à la gloire du peintre.

Voyant qu'Agathon était seul dans un coin de la cour, Kalisthène s'approcha discrètement de lui et lui demanda gentiment :

– Dis-moi pourquoi le vase aux Sirènes te fait si peur ? Sois sincère !

– Les Sirènes ressemblent à des oiseaux de proie avec des têtes de femme, répondit l'enfant. Je les trouve répugnantes, avec leurs grosses serres et leurs bijoux.

– C'est exactement ce que je désirais, murmura Kalisthène. Je voulais parvenir à rendre ce que dit Homère : les Sirènes ne sont rien que le son d'une voix. Alors je me suis inspiré d'oiseaux à tête de femme que l'on voit parfois sur de très anciens vases. J'ai donné aux Sirènes d'Ulysse des têtes de femme avec une bouche pour qu'elles puissent chanter, et je les ai posées sur des corps d'oiseaux de proie. Comme ça, il m'a semblé que l'on

comprendrait bien leur but : tuer les hommes qui les écoutent.

– Je vois bien ce que tu as voulu faire, dit Agathon, mais moi je trouve que le vase aux Sirènes est bien moins beau que celui du retour d'Ulysse, et ce qui me plaît, c'est ce qui est beau.

– Eh bien ! tant mieux puisque c'est le vase du retour d'Ulysse qui appartient à ton père, dit Kalisthène, comprenant sa déception. Tu changeras peut-être d'avis un jour... Pour le moment, descendons au Pirée. Je suis fatigué des vases et de l'atelier. Tu m'accompagnes ?

Agathon ne sut jamais s'il apprécierait un jour le grand vase comme son ami et son père.

Chrisothémis donna son banquet et, exceptionnellement, décida de placer sa nouvelle acquisition remplie de vin au centre d'une table basse pour que tous ses invités puissent l'admirer. Le résultat ne se fit pas attendre : chacun exprima son étonnement et son admiration. Et la joie du marchand atteignit son comble lorsque plusieurs invités lui proposèrent de lui échanger le grand stamnos contre d'autres vases remarquables. On voulait voir les Sirènes de près, on se bousculait devant la table, et Chrisothémis, ravi, se pavanait fièrement d'un bout à l'autre de la salle du banquet, quand soudain un convive fort éméché tituba et s'affala sur la table en criant :

– Sales bêtes ! par Athéna…

Le vase bascula et se brisa sur le sol.

– C'est la vengeance des Sirènes ! s'exclama l'homme ivre, terrifié.

Les invités qui se trouvaient autour de la table reculèrent précipitamment pour ne pas être éclaboussés par le vin qui se déversait à leurs pieds, et ceux qui ne pouvaient pas voir criaient pour savoir ce qui se passait.

Chrisothémis, tremblant de peur mais aussi de rage à l'idée que son grand banquet se termine en fiasco, ordonna à un esclave de faire immédiatement disparaître les morceaux.

Puis il demanda aux musiciens des danses pour apaiser ses convives. Peu à peu, de libation en libation, les invités oublièrent le vase ou… firent semblant de l'oublier.

Le vieux Mégathon évoqua une seule et unique fois le vase devant Agathon :

– Comment était-il possible de croire que les Sirènes accepteraient d'être vues, qui plus est au milieu d'un banquet ?

Épilogue

Nul n'aurait pu imaginer qu'un jour, des hommes venus d'un autre continent, parlant une autre langue, enduits d'une crème qui filtre les rayons du soleil et coiffés d'étranges petits chapeaux de toile, passeraient des mois et des années à tamiser la terre du quartier du Céramique, et qu'ils y resteraient jusqu'à ce qu'ils aient dégagé le moindre tesson.

Nul n'aurait pu imaginer non plus que, pour la plus grande joie d'une équipe d'archéologues, le vase brisé serait un jour extrait du sol, que les morceaux seraient recollés habilement et que le vase aux Sirènes ferait l'admiration de milliers de visiteurs. Ainsi, protégé derrière une vitrine, il traverserait encore de nombreux siècles, contant encore et encore l'histoire d'Ulysse et le savoir-faire d'un potier et d'un peintre du temps de Périclès…

– Et voilà sans doute son vase le plus célèbre, explique le vieux professeur aux deux garçons : Ulysse et les Sirènes.

– Ça, des sirènes ! Mais ce sont des oiseaux à tête de femme ! s'indigne Jimmy.

– Oui, et alors ?

– Mais une sirène ça a une queue de poisson, pas des ailes et des serres de vautour !

C'est à l'époque hellénistique que les sirènes grecques ont perdu leurs ailes et reçu une queue de poisson.
Plus tard encore, elles sont allées se percher sur les chapiteaux d'églises romanes et sont devenues des créatures sorties de l'enfer. D'autres cultures ont des sirènes qui sont nées avec une queue de poisson, mais ces sirènes-là n'ont absolument pas le même sens ni le même rôle que celles d'Ulysse. C'est le cas des sirènes nordiques, notamment celle du conte d'Andersen.

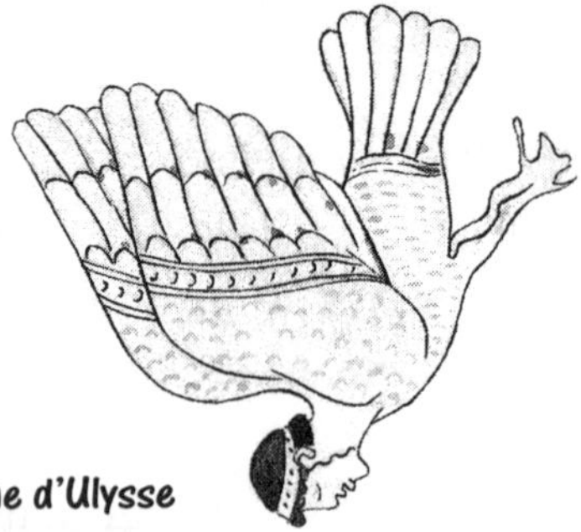
La Sirène d'Ulysse

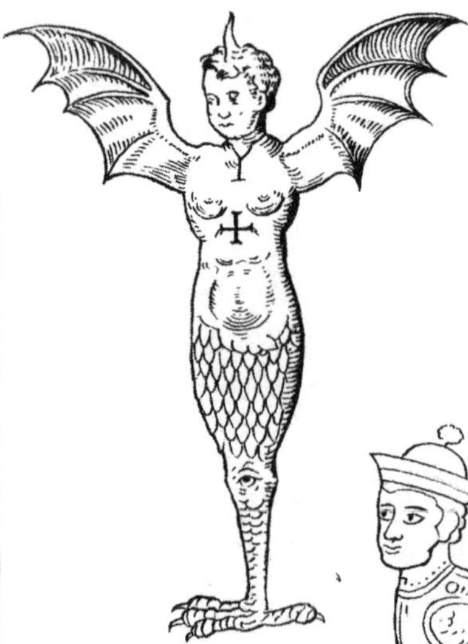
Sirène de Ravenne

Sirène arabe

Sirène japonaise

Sirène médiévale

Sirène médiévale

Sirène médiévale

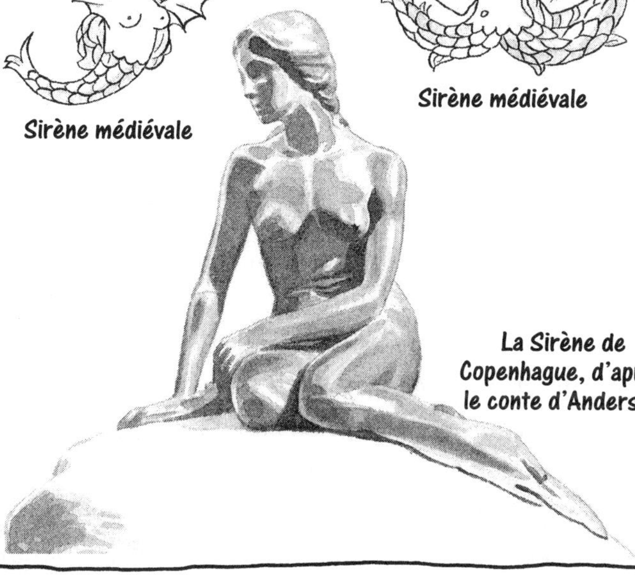

La Sirène de
Copenhague, d'après
le conte d'Andersen

– Ah je vois ! Vous pensez à la Petite Sirène d'Andersen. Évidemment, elle est bien plus séduisante. Vous vous attendiez à une ravissante et bienveillante créature à la voix mélodieuse dont un prince tomberait amoureux. Désolé, on n'est pas en mer du Nord mais en Méditerranée ! Mes monstres vous déçoivent ?

– Eh bien... c'est-à-dire qu'on ne s'attendait vraiment pas à ça, dit Jimmy, rêveur, en appuyant son front contre la paroi de verre.

– Elles sont vraiment atroces ! insiste Stephen, mais c'est pas le problème. Lenox ne croira jamais qu'on a trouvé ce vase nous-mêmes.

– Vous pourriez lui dire que vous avez reconnu Ulysse attaché au mât du bateau et que vous en avez déduit que les créatures ailées étaient des Sirènes, propose le professeur.

– Plus que deux minutes, de toute façon on n'a pas le temps de trouver autre chose, grimace Stephen.

Il taille son crayon et croque rapidement la scène tandis que Jim fait le résumé.

Stephen finit à peine de fixer Ulysse à son mât et de tracer le contour d'une des femmes-oiseaux, quand Mme Lenox fait son entrée dans la salle.

– Je crois qu'il est temps que je poursuive ma visite du musée et que je vous quitte, leur dit à voix basse leur vieil ami, il est déjà midi. Je vous souhaite

une bonne journée et, surtout, amusez-vous bien à Baker Street.

– Merci mille fois monsieur ! Sans vous on n'aurait jamais réussi à trouver cinq scènes de la mythologie, souffle Jim.

– Et puis on n'aurait jamais vu qu'il pouvait y en avoir d'aussi beaux, ajoute Stephen sincèrement.

Le vieil homme s'éloigne, visiblement très content :

– Allez, salut les pêcheurs !

Jim relit ses notes et Stephen continue de crayonner consciencieusement, faisant semblant de ne pas voir Mme Lenox qui s'approche, puis se penche par-dessus son épaule pour regarder le dessin.

– Eh bien ! ça alors, je n'aurais jamais cru que mes deux plus grands cancres puissent reconnaître les Sirènes ! dit-elle, très étonnée.

– Sans Ulysse attaché au mât de son bateau, on n'aurait jamais pensé que c'étaient des Sirènes, répond sans sourciller Stephen.

– Vous en avez combien ?

– Cinq, madame, avec celui-ci.

– Vraiment ?

– Deux illustrations de la guerre de Troie, un Minotaure, Télémaque et Pénélope, et Ulysse et les Sirènes ! énumère Jimmy sur un ton très assuré. Finalement, c'était assez facile.

– Alors là, franchement, vous m'étonnez. Je ne pensais pas que vous y arriveriez. Je voulais juste vous obliger à regarder soigneusement les vitrines.

– Ce fut un plaisir ! dit Stephen avec un sourire malicieux.

– Un vrai plaisir ! ajoute Jimmy qui rit pour de bon.

– Je crois qu'il est temps d'aller rejoindre vos camarades à Baker Street, conclut Mme Lenox, fair-play.

Table des matières

Chapitre		Page
1	La punition	5
2	Le peintre d'Ulysse	23
3	Une commande extraordinaire	35
4	L'atelier au travail	43
5	La voix ensorcelante des Sirènes	49
6	Kalisthène à l'ouvrage	59
7	Mélanthos emporte la commande	66
8	La vengeance des Sirènes	77
	Épilogue	81

Un mot de l'auteur

« Les Sirènes dans la mythologie »
fut mon premier sujet de recherche
en histoire de l'antiquité grecque.
Tout allait pour le mieux jusqu'au jour
où j'ai découvert le grand vase du Bristish Museum.
Ces monstres ailés ne correspondaient
absolument pas à ce que j'avais imaginé.
J'étais tellement déçue que j'ai essayé
de changer de sujet, mais je n'ai pas
réussi à convaincre mon professeur.
J'ai résolu le problème en ne m'occupant
que des textes où l'on parlait des Sirènes
et pas des vases qui les représentaient.
Quand mon fils aîné est entré en sixième,
il a commencé à étudier avec son professeur
d'histoire l'Égypte des Pharaons,
et nous sommes allés au Louvre
voir le département d'égyptologie.
C'était magnifique, mais au bout de deux heures,
au lieu de ressortir dans la cour du Louvre,
nous nous sommes perdus dans le musée
et retrouvés soudain au milieu de vitrines
remplies de vases noirs et rouges,
et rouges et noirs.

Un mot de l'auteur

Des centaines et des centaines de vases grecs
de l'époque classique !
Je me suis mise à les regarder avec quelqu'un
qui ne connaissait rien à la Grèce
mais qui aimait vraiment le dessin,
la mer et les détails.
Ce jour-là, j'ai compris qu'on ne résiste
pas plus à la beauté des vases antiques
qu'à la voix des Sirènes.
Que les conservateurs du British Museum
me pardonnent, le vase aux Sirènes est intact,
il n'a jamais été cassé, et,
s'il y a un peintre d'Achille,
celui d'Ulysse n'existe pas.
En revanche toutes les scènes mythologiques
représentées ici proviennent de vases conservés dans
différents musées du monde.
J'espère qu'elles donneront envie
d'en découvrir d'autres et d'en savoir
plus sur la mythologie grecque.

Nathalie Daladier

Un mot de l'illustrateur

À l'âge de Stephen et Jimmy,
sans y être obligé par une Miss Lenox,
j'allais au Louvre copier des peintures égyptiennes
et dessiner des antiquités grecques.
Comme eux, je rêvais de me cacher
dans un sarcophage. Me retrouver enfermé une nuit
dans le musée et voir apparaître Belphégor !
Bien plus tard, j'ai eu l'occasion
d'illustrer tour à tour une biographie
de Schliemann, le découvreur de Troie,
un récit des exploits d'Héraclès,
Le Temps des héros,
ainsi qu'un recueil de contes d'Andersen.
Ayant ainsi abordé Ithaque par deux fois
et goûté aux mystères des profondeurs,
comment pouvais-je résister
à l'appel d'Ulysse et à l'envie d'entendre
à nouveau le chant des Sirènes ?
En prenant bien garde,
pour éviter les œnochoés cassées,
de me faire attacher à ma table à dessin !

Philippe Mignon

Pour en savoir plus

– Beck, Martine, *Petit dictionnaire de la mythologie*, Pocket Junior, Paris, 1997.
– Collectif, *L'Égypte et la Grèce antique*, collection « Découvertes Junior », Gallimard-Larousse, Paris, 1998.
– Collectif, *Le Livre de la mythologie grecque et romaine*, collection « Découvertes Cadet », Gallimard Jeunesse, Paris, 1999.
– Grimal, Pierre, *Contes et légendes du temps d'Alexandre*, Pocket Junior, Paris, 1996.
– Homère, *L'Iliade*, traduction adaptée de Michel Woronoff, Casterman, Paris, 1996.
– Homère, *L'Odyssée*, traduction adaptée de Michel Woronoff, Casterman, Paris, 1996.
– Pearson, Anne, *Lumières de la Grèce*, collection « Les Yeux de la Découverte », Gallimard, Paris, 1992.
– Pouzadoux, Claude, *Contes et légendes de la mythologie grecque*, Nathan, Paris, 1994.

Où voir des vases grecs en France ?

– Paris, musée du Louvre.
9 salles rénovées présentant plus de 1 200 vases ainsi que des vitrines classées par thèmes iconographiques, et des informations sur les œuvres.
2, place du Carrousel, 75001 Paris. 01 40 20 53 17.

– Lyon, musée des Beaux-Arts.
Collection présentée dans des salles rénovées.
20, place Terreaux, 69001 Lyon. 04 72 10 17 40.

– Marseille, musée d'archéologie et d'histoire de la Vieille Charité.
2, rue de la Charité, 13002 Marseille. 04 91 14 58 80.

– Toulouse, musée saint Raymond.
11, rue des Trois-Renards, 31000 Toulouse.
05 61 22 31 44.

– Boulogne-sur-mer, musée du Château.
rue Bernet, 62200 Boulogne-sur-mer. 03 21 10 02 20.

– Laon, musée municipal.
32, rue George Ermant, 02000 Laon. 03 23 20 19 87.

– Compiègne, musée Vivenel.
2, rue Austerlitz, 60200 Compiègne. 03 44 20 26 04.